Antonio Laghezza

SONO COME L'ARIA

Immagine di copertina: ANTONIO LAGHEZZA

Grafica e impaginazione: RICARDO ENRIQUE BOTTONI

© 2022 Antonio Laghezza – È vietata la riproduzione anche parziale del testo senza l'autorizzazione scritta dell'autore. L'eventuale citazione ex lege deve fare esplicito riferimento al titolo dell'opera e all'autore.

Mail: laghanto@yahoo.it

Instagram: a.llll.aa

Facebook: www.facebook.com/antonio.laghezza.16

PRIMA EDIZIONE – LUGLIO 2022

ad Ana Maria

"Ti avrei incontrata anche se non esistevi"

Gemello - Pulpebre

RINGRAZIAMENTI

Desidero ringraziare di vero cuore l'amico carissimo Ricardo Bottoni per la preziosa opera di impaginazione, il progetto grafico e la cura della copertina.

Fissare momenti vissuti, realtà e fantasia mescolati a sogni e desideri: e tutto per non dimenticarli o, più compiutamente, per meglio ricordarli, per non abbandonare queste memorie alle fauci del tempo che divora ogni cosa, che tutto travolge e disperde.

È questo l'obiettivo narrativo della silloge poetica composta - o almeno in parte - perché: "*Ogni poesia è misteriosa. Nessuno sa interamente ciò che gli è stato concesso di scrivere*" (J.L. Borges).

SONO COME L'ARIA

All'ombra delle estati

All'ombra delle estati ormai passate
immoto giace un sogno.
Silenziosamente,
gli argentei raggi della luna esso riflette.
Che siano freddi dardi,
non importa:
bruciano.

Foglio di carta

Questo foglio di carta
me lo trovo sempre davanti,
bianco, pulito.
Le aurore sorgono,
i tramonti si accendono e tu,
bianco, inutile, vuoto foglio di carta,
resti sempre con me.

Roma, 10 agosto 2014

Sei dentro di me

Io sempre ti trovo:
nel buio,
nell'ombra,
nascosta dal sole.
Ma, se ti guardo, non vedo,
se ti parlo non sento,
se ti tocco svanisci.
Semplicemente,
sei dentro di me.

Mestre, 18 agosto 2014

Per te

Come un dardo stregato,
lanciato dal più cupo dei cieli,
vidi il brillio dei tuoi occhi:
blu, come zaffiri.
Scorto un vasto orizzonte,
steso oltre la mente dell'uomo,
dalla riva d'un mare mai visto,
osservai le acque ritrarsi
e tornare come uno tsunami.
Nel tumulto del cuore,
sommerso dai flutti,
vidi ancora,
un'ultima volta,
il brillio dei tuoi occhi:
blu, come zaffiri.

Mestre, 19 agosto 2014

I piccoli fiori

Sfrigola pigra la pioggia sugli alberi
e cadono, piano,
senza rumore, i piccoli fiori.
Di gocce son gravidi i rami,
del cielo lacrime perse.
E cadono, piano,
nel grigio e senza rumore,
i piccoli fiori.

Mestre, 22 agosto 2014

Oggi

Ieri,
l'occidua luce di settembrine giornate,
celava il suo volto.
Oggi,
tinnenti voci passate,
echeggiando,
ritornano.
Domani,
fra silenti ceneri di cieli in tempesta,
ad un manto d'ombre affiderò il mio
cuore.

Mestre, 11 novembre 2014

Il cielo

Potesse il cielo parlare!
Fidandosi di me,
trapassato il suo impenetrabile mutismo,
degli uomini udir vorrei
le storie tristi e solitarie
ma anche dei miraggi scintillanti
 e dei pensieri luminosi.
A te ora penso,
naiade dagli occhi di zaffiro:
come a un sogno,
immagine fatata che nasce nel cuore della notte,
che danza all'ombra della luna.
Tu,
prendi vita ad ogni battito di ciglia
e misteriosamente,
al sorgere del sole,
t'inabissi nel mio cuore
per rinascere e morire.
Ogni sera,
quando la luce delle stelle brilla nell'oscurità più arcana,
si riaccende il tuo ricordo
e una volta ancora
m'innamoro un poco più di te.

Mestre, 26 novembre 2016

Il tuo volto

Dormire, sognare e sperare:
destarsi e al mondo affidare il proprio destino.
Placidamente, vigliaccamente,
io mi rassegno e agognando alla luce lunare,
lentamente,
giorno per giorno,
il veleno del sogno assopisce la mia voglia di vivere:
nell'ombra fatata del desiderio,
continuo a bramare,
a costruire castelli per aria.
Nel vagheggio ambisco a un dio che perdona,
che mi lascia vagare e approdare a lidi ultraterreni.
Restare nel buio e brillare,
perdere il tempo e ritrovare il tuo volto.
Sotto un cielo di stelle,
mia sfinge,
ti contemplo e ti osservo:
ora guardi lontano, ma,
nella rena del mare,
tu,
affondi per svanire e risorgere
ancora.

Mestre, 27 dicembre 2014

I tuoi occhi

Se i tuoi occhi potessero dire
di chi amata ti ha!
Oh, sui tuoi occhi,
azzurri come il cielo d'inverno,
incantevole e freddo,
il tempo non lascia una traccia,
ma scie luminose di sogni dispersi.
E se l'estate poi arriva
e il passo cede all'autunno,
i tuoi occhi attendono ancora lo sguardo,
di chi ti vuol bene,
di chi ha rubato solo una parte del cuore
o con brama aspira alla tua altera bellezza.
Beltà inarrivabile,
amore perfetto,
con nostalgia ancora struggente
ogni ambizione tu uccidi:
al mondo, che freme per te,
un sogno ridona:
che dai tuoi occhi tristi ma belli,
traspaia speranza
che un giorno anche tu innamorata sarai.

Firenze, 29 dicembre 2014

Anima

Strano
come cambiano le cose
eppure,
apparentemente,
tutto è com'era prima:
le persone che ti sono intorno,
gli amici che frequenti,
ma ora sei diverso e non sai perché.
Vorresti star fermo ma non ci riesci
e come la terra gira intorno al sole
e le stagioni mutano,
così anche tu,
quando t'aggiri fra la gente,
che piange, sorride, è felice o dispera,
indifferente non puoi più restare,
e cambia il tuo mondo
e non sei più quello di prima.
La sera,
se oltre l'orizzonte tu guardi,
s'alza il vespero lucente
ed è lì,
fra quei lucori lontani,
che la tua anima s'annida:
pronta sempre a mutare.

Lo so

La mia vita si è come fermata,
arenata:
e mi sembra d'esser come una zattera,
in mezzo a un mare in tempesta,
che non vede una spiaggia ove approdare,
che non scorge un faro per potersi orientare.
Tra i flutti,
fra la spuma bianca e brinosa,
di tanto in tanto il tuo viso m'appare;
sognante visione di un volto spettrale,
sul mio cuore ti avventi
e a piccoli morsi
la vita pian piano tu stacchi.
Quando hai terminato il tuo orrido pasto,
mi guardi dritto negli occhi
e come un lupo satollo,
con un ghigno beffardo,
mi volti le spalle
e scompari.
Ma io di nuovo ti troverò.
Nella bruma del tempo saprò riconoscerti;
ti scorgerò, anche se stanco,
perché nel profondo dell'anima tua c'è un piccolo
posto anche per me.
Lo so.

Mestre, 15 marzo 2015

Tu sei

Tu sei come un allegro giorno di primavera:
il tuo viso,
gioioso come la luna di notte;
i tuoi occhi,
come l'azzurro lontano del cielo,
il tuo sorriso, come una rondine,
libera e gaia.
Le tue mani,
come l'erba fresca e i fiori dei campi,
la tua voce,
come un soave canto di bimbi.
Tu sei come un giorno di primavera,
i tuoi abbracci,
come i caldi raggi del sole.
Accanto a te
... io
sono.

Mestre, 01 maggio 2015

Come nebbia

Tu sei come nebbia,
bellissima e tenera coltre
pronta a svanire alle prime luci dell'alba.
Davanti a te,
indeciso e immerso nel buio,
le cose che dico
si perdono nel tempo che ci separa.
Non so spiegare:
tu non ascolti e non vuoi capire
e seppure io ancora ti veda,
l'oscurità ci ricopre come un greve drappo
di notte.

Roma, 19 maggio 2015

Tanto tempo fa

Quando penso al mio passato,
quando immagino il futuro,
mi vedo riflesso in uno specchio.
Raggomitolato nelle pene del presente,
distintamente avverto che il tempo
è un mio nemico:
denti aguzzi che affondano
nella schiena di un inerme confidente,
false risa ricolme di blandizie,
sono moniti che irridono, che offendono
che non lasciano speranza.
Questa sera sono morto ma risorgerò;
ora dopo ora, in questa notte buia,
io raccolgo tutte le mie forze
per vedere il giorno ancora:
al sorgere del sole,
come al solito,
mi nasconderò all'ombra dei pensieri
e mai più mi vanterò di dire che una volta,
tanto tempo fa,
tu,
fosti una mia amica.
Lo sguardo penetra nell'anima,
l'indifferenza uccide
mentre mi divora la certezza che non ti rivedrò mai più.
La tua voce è una lontano eco che si perde nei ricordi,
le tue risa di ragazza resteranno per sempre nel mio cuore:
il tuo viso è una luna oscura
che la luce non rifletterà mai più.

Il sogno

Ho staccato,
reciso le ali alla mia farfalla.
Stesa su di un fianco
parevi mormorare mentre,
fievolmente sussultando,
tu spiravi.
Agognavi a un aiuto che io,
perfidamente invece,
ti negai.
Ad osservarti attentamente,
ora,
il tuo gommoso corpo
ad un verme rassomiglia.
In questo istante,
severamente io ti fisso;
e ti giudico per
ciò che sei.
Davvero ti riveli
come un inganno miserabile,
un insetto vomitevole.
Ali colorate,
dal delicato volo con la grazia di una fata.
Ecco,
pio furfante
come ridotto ti sei!
Ti seppellirò, anzi,
nei rifiuti io ti getterò,
il solo posto ove meriti di stare.
Ti odio ancor di più ora che sei morto:

leggiadro sogno
mutato in putridume.
Sii maledetto!
Vomiterò anche ciò che non ho detto,
bestemmierò,
ma mai e poi mai
ti perdonerò perché
promessa fatta non fu mantenuta.
Sii il sepolcro di te stesso,
sogno ingannatore!

Roma, 23 maggio 2015

Tienimi la mano

Quietamente io mi siedo sulla riva dei ricordi
mentre agogno di vederti ancora.
Spettrale è la luce che t'investe:
il buio ti colora.
Una distanza fredda come il ghiaccio ci separa,
enorme come il tempo che si muove tra le stelle,
vivide e lontane.
Eppure spero sempre che un giorno mi dirai:
non andare,
tienimi la mano.
Dentro me io sento invece
che contro tu mi sputerai
tutto il vento che c'è in un uragano.
Quando la luna si nasconderà la faccia
e il cielo sarà tutto nero,
solo allora sarà tutto chiaro.

I più bei fiori

Alla fine ho visto in faccia il gran segreto:
una luce buia risplendeva,
senza ombre disegnava una visione
che non significava proprio niente!
Che freddo!
Un vento gelido sferzava la mia faccia,
i miei occhi troppo oltre spingevano lo sguardo
e non riuscivo più a capire.
Lasciami gridare
e dire almeno che dal vuoto
io sarò ascoltato!
Adesso che hai messo le mani su di me,
sulla mia gola,
ora e per sempre
il mio inverno custodisco.
Ne avrò una grande cura:
tanta, così tanta che non potrai portarlo via.
Le mie ossa saranno la mia stessa bara,
i miei capelli i più bei fiori
per l'eterno mio vagare.

Roma, 06 giugno 2015

Malinconia

Distante è questo mondo;
il vento mi circonda
e ad esso affido
le mie malinconie.
L'aria è tiepida stasera
e pensarti è una dolce compagnia;
trovarti nei miei sogni ad occhi aperti
è come averti accanto,
è come stare insieme.
All'aria che respiro
affido questo desiderio:
accarezzarti il viso ed abbracciarti
ancora.

Roma, 12 giugno 2015

La mia vita

Traballano le fondamenta della vita mia;
cedono i pilastri della mia
esistenza
e paurosamente io vacillo nel buio che mi sta intorno.
Non oso più guardare laddove c'è la luce;
il mio viso io ritraggo
e mi nascondo nelle più
negre oscurità.
Se coraggio avessi,
rinuncerei a ciò
che m'è più caro:
la stessa vita.
Vigliaccamente invece io respiro,
stoltamente spero
mentre scomparire è ciò che veramente io vorrei.

Mestre, 23 novembre 2015

O Signore

O Signore,
Buon Pastore,
voglio affidarTi Ana.
Con la Tua forza,
nel cammino della vita,
sostienila;
con la Tua misericordia,
da ogni male e pericolo Tu proteggila,
da ogni sofferenza,
Tu preservala;
coraggio infondile nei momenti più difficili:
pazienza e dolcezza nel cuore donale.
Custodiscila con il Tuo paterno sguardo,
benedicila con i Tuoi occhi pieni d'amore.
Dalle gioia e salute,
pace e felicità.
Amen

Mestre, 18 luglio 2016

Freddo glaciale

Freddo glaciale
negli spazi siderali
come quello fra la gente.
Un muro di luce è la distanza.
Le stelle brillano lontano,
lanterne di ghiaccio sofferenti.
Tu ed io,
come mondi di galassie differenti:
simili e così diversi.

Mestre, 18 luglio 2016

L'illusione

Destino,
come una parabola
nel terreno di un'imperturbabile freddezza affondi le radici;
ti conficchi nei petti e nelle schiene
di coloro che in te hanno creduto
pensando che speranza coincidesse con pietà.
Stolti
e stupidi:
con noncuranza e superficialità,
l'illusione con il tempo in veleno s'è mutato.
Ora non potete farne a meno
e non avete più il coraggio di guardare in faccia la realtà:
maledetto!
Adesso le parole sono pietre dentro la mia bocca
e nemmeno il mio pensiero può vagare.
L'orizzonte s'è piegato,
il destino mi ravvolge.

Mestre, 18 luglio 2016

Fiume rugginoso

Questo temporale mi sconvolge,
tuoni e lampi mi sconquassano:
dentro è grande la devastazione,
pensieri, come grandine d'immani dimensioni,
sferzano il mio viso.
Violenta è la tempesta
e non vedo alcuno sprazzo di colore chiaro,
nubi nere mi sovrastano.
Eppure io pensavo,
anzi, ne ero certo,
che la luce prima o poi si sarebbe accesa,
che la piaga si sarebbe chiusa!
Io ora so per certo che non sarà così
e che ogni cosa assumerà un altro aspetto.
Ho udito dire:
mi fa male la stupidità,
mi duole molto la superficialità.
Io ti dico invece:
non aprire più quella tua dannata bocca,
arresta subito quel rivolo di luce
e annegalo nel buio della tua rassegnazione.
Tu sei un idolo imperfetto
ma chissà perché ognuno,
prima o poi,
ti adora.
Ora piove
e un fiume rugginoso anche l'anima m'inonda.

Mestre, 18 luglio 2016

Quest'ultimo minuto

La vita mi trascina:
mi divincolo,
mi aggrappo
ma cado ancor di più.
Restare fermi non si può.
Adesso inseguo quest'ultimo minuto
e lo prego di restare
di fermarsi un poco qui con me
ma non c'è verso di fermarlo!
Scivolando sul declivio del passato che scompare,
assorbito sul crinale di tramonti perduti nei ricordi,
affonda sempre più
nei vorticosi abissi dell'immortalità.

Mestre, 18 luglio 2015

Oggi è per la terra

Oggi è per la terra
domani per il cielo.
C'è qualcosa di rotto dentro me,
che non si può aggiustare;
ogni pensiero è in fuga verso l'alto
ma fatalmente torna,
stramazzando al suolo.
Invento mille modi per fuggire
ma l'inverno per il bavero mi prende
e mi trascina indietro.
Ricordandomi di mettere il cappotto,
mi rammenta anche che se pur la neve cade,
sopra le secche, raggrinzite foglie,
aprile tornerà di nuovo,
sopra i buoni e sui malvagi.
E ciò che non si può aggiustare oggi é per la terra,
ciò che potrà guarire è per domani.

Mestre, 25 luglio 2015

In un solo istante

Dio,
dammi un po' della tua pace,
Signore,
un po' della tua grazia,
per amare chi non mi ha voluto bene.
Se con il tuo santo aiuto
in un solo istante potrò anche perdonare,
dammi lunga vita per poter dimenticare.

Roma, 27 agosto 2015

Confuso più di prima

Confuso più di prima,
io ritorno nella tomba.
Qui, si accalcano i pensieri,
mulinando intorno al niente,
precipitando in fondo a quell'abisso
che speravo aver scampato.
E mi ritrovo
a meditare sulle ore spese,
sognando sulle attese,
pensando a ciò che avrei voluto fare
e che non sarà mai fatto.
Ora giaccio sulle mie ginocchia
e lentamente muoio
annegando nei ricordi,
tra le risa e i pianti
di due amanti
che non s'incontreranno più.

Roma, 27 agosto 2015

Oggi, all'improvviso

Quando oggi hai detto che non ci sei più,
all'improvviso,
ho sentito un nodo nella gola,
un forte tremito al mio cuore;
pesante il mio respiro
e la vista s'è appannata.
Ho avvertito un tremolio alle mani,
cedere le gambe mi pareva
sotto un opprimente peso.
Oggi, all'improvviso,
mi son reso conto d'essere vecchio.
Sebbene io respiri adesso
e il mio cuore ancora palpiti,
sebbene saldamente,
restando in piedi,
l'orizzonte io traguardi,
sebbene io con forza afferri ciò che della vita resta,
nulla sarà come prima.
A partir da adesso,
lascio i pensieri della giovinezza,
gli antichi sogni,
il mio acerbo spirito,
scorrer via,
perché oggi, all'improvviso,
mi son reso conto d'essere vecchio.

Roma, 15 gennaio 2016

Bellezza

Bellezza,
Tu per gli occhi non sei fatta:
solo dentro noi tu esisti.
Fra le nubi e il cielo,
aureo e brillante è il raggio
mentre tu,
nell'anima e in silenzio,
dimori in un oceano di colori.

Mestre, 15 gennaio 2016

Nella nostra vita

Nella nostra vita
sempre c'è un momento in cui si ferma tutto
e intorno a noi regna il silenzio.
Un sussurro, allora, lontano echeggia,
come in un sogno esso ti parla:
ti suggerisce di non aver paura.
E ti rendi conto,
seppur piangendo,
che sei ancora vivo,
vivo davvero!
E ti rialzi
e alle stelle e al cielo tu sorridi ancora.

Mestre, 28 gennaio 2016

Sono come l'aria

Io sono come l'aria che non ha dimora,
che non poggia il piede,
che non guarda l'ora
e vola.
M'infilo in ogni dove,
vagabondo senza meta,
guardo tutto ma non vedo niente:
dove vado io non so né quando,
come, né con chi.
Sono libera e come il vento soffio
e mi coloro di verde come i prati,
d'azzurro come il cielo;
respiro dentro il mare,
mi ruzzolo per terra,
di fango io mi sporco e mi bagno nella brina.
Io sto un po' con te,
un po' con lei,
lui e loro ma poi vado
e nessuno mi trattiene perché son come l'aria.
M'insinuo nelle tasche dei cappotti,
sopra i tetti e dentro i boschi.
Non riesco a restar ferma
e rincorro tutto e tutti a perdifiato.
Scivolo nei borri,
rovino sulle rocce, ma non mi faccio male.
Mi disperdo,
poi m'adombro:
rido,
piango, ma non dispero mai.

Ecco: così son fatta io
e non è colpa mia se le mie ali son troppo grandi
e il mondo troppo stretto.
Il mio nome è Libertà.

Mestre, 29.01.2016

Con te

Con te
avrei voluto esser luna e sole.
Sole splendente in un caldo cielo d'estate,
luna brillante in un tappeto di stelle trapuntato.
Ma la bruma di un mattino freddo
ha celato
ciò che custodito era dentro il mio cuore:
forse non hai voluto capire,
era l'amore.
Ora resta lo spettro di un'ombra,
il negro vagare di un sogno
senza dimora,
senza memoria.

Roma, 17 febbraio 2016

Il fiore più bello

Non è colpa mia se,
nell'incontrarti,
non sapevo che ciò che mancava dentro di me,
eri tu.
In un angolino dell'anima mia,
infatti,
tu c'eri,
sebbene dall'ombra del tempo ancora nascosta.
Come camminando su un prato,
coperto da milioni di fiori,
sotto un limpido cielo,
nello spirito mio silenzioso,
scoprii che il fiore più bello eri tu.
Quando finalmente guardai nei tuoi occhi,
ti riconobbi: per questo sono felice.
Perché hai riempito i miei vuoti,
perché sei come un raggio di sole che ogni cosa riscalda:
le ombre sono svanite
e adesso c'è sempre la luce.
Tu sei la mia altra metà.
E, semplicemente, ti amo.

Mestre, 28 febbraio 2016

Bocciolo dell'inverno

Bocciolo dell'inverno,
fiore mio di primavera:
solo il tempo mi dirà
se m'ami oppure no.
Quando i giorni mi racconteranno di memorie antiche
e timidi ricordi s'affacceranno abbarbicati sulle nubi,
potrò sapere se m'avrai amato oppure no.
Il suono del tempo
passa e va
e non ritorna mai.
Bocciolo dell'inverno,
fiore mio di primavera:
mi amerai?
Oppure no?

Mestre, 10 marzo 2016

Vorrei

Vorrei essere il tuo Principe Azzurro,
ma non lo sono.
Vorrei essere il tuo Amore perfetto,
ma non posso.
Sono quello che sono:
con mille difetti,
tante rughe e occhi un po' tristi.
Ti posso offrire soltanto un cuore che batte,
che batte forte e solo per te.
Non sono sicuro che basti ma una cosa io so:
vicino a te son vivo,
vivo davvero!
E il tempo non conta più niente:
al tuo fianco ogni secondo che passa è un secolo intero.
Se non parli ti ascolto lo stesso: io ti capisco.
Vorrei... e son vivo di nuovo.

Mestre, 12 marzo 2016

Tu

I giorni di una vita sono passati come
i secondi di un solo minuto.
È andato un amore,
come le ore in un giorno di sole nascosto
dalle montagne degli anni trascorsi.
Adesso sento il cuore battere forte:
davanti a te sono come un raggio di luna dentro una cometa.
Anche il tempo rallenta fino a fermarsi.
Tu sei come l'onda del mare che accarezza la riva.
La sabbia è il tuo rifugio,
ma non la fine del viaggio:
il mio abbraccio è come il cielo di notte e tu,
come tutte le stelle.

Mestre, 17 marzo 2016

Vivi!

Dopo averti attesa per secoli e secoli di secondi fusi insieme,
ammonticchiati sulle rovine di apparenti stupide pretese,
ora ti ho trovata,
impossibile Bellezza,
Bellezza irraggiungibile.
Seppure io ti comprenda,
almeno in parte,
le tue notturne veglie,
o guardiano dell'aurora,
ostentano un'indegna vanità.
Perciò alzati e guarda i tuoi demoni marcire,
drizzati e guarda con coraggio la luce del mattino
indebolire i tuoi più reconditi pensieri.
Non esser verecondo
e non tirarti indietro:
lascia andare la tua notte
insieme alle sue ombre.
Vivi, adesso,
e non sognare più.

Mestre, 28 marzo 2016

Questa montagna

A lungo ho guardato questo monte,
con bramosia,
e sognando ciò che da lì avrei potuto scorgere:
ad ogni costo scalarla avrei voluto e ce l'ho fatta.
Strano però perché ora,
che ci sto in cima,
nulla posso osservare di ciò che m'ero immaginato.
Non vedo le scintillanti guglie di città fatte d'oro e d'argento:
nessuna torre,
nessun palazzo,
nessun campanile.
Solo desolazione e terre bruciate
dal sole dell'incoscienza.
Perché, mi domando: perché?
Con uno sforzo,
molto più grande di quello impiegato per salire quassù,
d'improvviso ho capito!
Io non ero all'in piedi, ma strisciavo!
Ecco, adesso ci vedo: io vedo!
Davanti a me,
però, c'è un'altra montagna,
altissima,
e un impervio sentiero che,
quasi con sfida,
m'invita a scalarla.
Sono indeciso se avviarmi oppure
scendere da dove mi trovo.
Adesso mi siedo perché voglio pensare:
ho bisogno di meditare perché mi rendo

conto che se intendo salire più in alto,
non tornerò sui miei passi.
Se invece scendo da dove sono,
non avrò più la forza per girarmi
e riguadagnare la vetta.
Il sole ora tramonta,
le ombre si stendono;
la notte mi domina
e il silenzio torna a regnare.

Roma, 4 aprile 2016

Fin dentro l'anima mia

Cullato all'idea di averti per me,
avrei tanto voluto che tu entrassi nella mia vita
ed io nel tuo mondo.
Ormai i ricordi affondano nella mia carne,
hanno messo radice nel cuore
e giungono fin dentro l'anima mia.
Se l'amore ha i giorni contati,
e il tempo trascorso appartiene al passato,
il futuro non è ancora vergato:
resta un desiderio,
posso ancora sognare di sognare con te.

Roma, 08 aprile 2016

Lacrime di ghiaccio

Di ghiaccio sono le lacrime
che dal mio viso si staccano.
Le verdi speranze
si stendono e non reclamano più il loro futuro.
Memorie di tempi passati
s'intrecciano con i raggi di un pallido sole;
i giorni trascorsi senza scambiare una parola
sono come piccoli, vuoti sepolcri
e il silenzio che sopra vi regna
mi reca un mite sollievo.
L'oblio nel mio cuore
sa di stantio:
mi acceca la sua oscurità,
mi annienta la sua inane dolcezza
e tutto,
tutto,
è perduto.
Per sempre.

Roma, 24 maggio 2016

Frecce di fango

Dentro di me qualcosa mi divora;
lentamente
l'onda di un sogno mi percuote.
Sgretolando ogni barriera,
pian piano le rovine mi cadono addosso.
Con frecce di fango combatto,
il sangue mi nutre
trasformandosi in spine:
e mi tortura.
Agli attimi di gioia,
dall'oblio inghiottiti,
succedono mestizia e rimpianto.
Resta una forza:
la disperazione,
che s'avventa sugli sprazzi di un lontanissimo cielo,
divenendo una muta rassegnazione.
Avvelenata dal tempo che passa,
non resta che un sogno nutrire:
per un'altra vita.

Roma, 24 maggio 2016

Cenere

Mi arrendo
e senza andare da nessuna parte,
depongo le armi con le quali
fino ad oggi ho combattuto.
Di fronte a questo scintillante desiderio,
non c'è nulla che io possa fare,
niente che io possa opporre
se non deporre una corona ai piedi di un sogno frantumato.
La notte avvolge anche le ombre
e mentre la mia debolezza esala gli ultimi respiri,
m'innalzo come un dio
sopra un cumulo di giorni pallidi ed esangui.
Restando in piedi
lancio un grido:
l'orgoglio sfodera l'ultimo suo dardo,
fenice ancora trasformata in cenere.

Mestre, 29 maggio 2016

Via la maschera

Come una sorgente
lo spirito
sgorga:
d'infinito si nutre.
Oltre lo spazio,
si spinge:
al di là del tempo,
d'ogni confine.
E i miei occhi non bastano
per scrutare la sua vastità.
Un solo desiderio rimane:
spiccare il volo oltre il mio corpo,
fuori da questa prigione,
da questa gabbia
senza ragione.
Gettata la maschera,
l'anelito di stender le ali è così forte che nulla lo può trattenere.
E non ho più timore né pudore di dire al mondo che Tu
esisti.

Mestre, 02 luglio 2016

Il vento della vita

Mentre il vento della vita lentamente i miei giorni consumava
e l'ombra del niente ingrigiva i miei pensieri,
il tuo sorriso illuminava i miei sentieri.
Il vuoto d'improvviso si colmava
con la luce dei tuoi occhi:
il tuo tocco bruciava come il sole sullo zenit all'equatore,
il tuo sguardo di tempesta in balìa del mare mi gettava.
Aggrappato alla mia saggezza,
annaspando in mezzo ai flutti,
confidavo sulle torri dei miei anni,
vedette d'ingratitudine negletta:
proditorie come sabbie mobili,
preziose come pietre d'incomparabile bellezza,
mai fiducia fu così mal riposta.
Le mie gambe cedevano come steli di fiori calpestati
sotto il peso della tua beltà,
i petali dalle corolle dei miei se e ma
a terra si stendevano,
come spade di un esercito arreso al vincitore.
Davanti a te m'inchino,
al trono del tuo cuore,
duro come pietra,
ma trafitto dal mio amore.
Di te ammiro la fierezza del tuo no
e resistermi
è una sfida
che combatto sulle mie ginocchia,
piegato dalla volontà di chi mai comprenderà.
Mentre il vento della vita lentamente i miei giorni consumava

e l'ombra del niente ingrigiva i miei pensieri,
come un lontana stella tu sorgevi.
Tramontata adesso oltre l'orizzonte dei perché,
resta un sogno per un'altra vita che non sarà mai.

Mestre, 05 luglio 2016

Parla!

Notti che scintillano
- parla, io non ti ascolto -
nubi sotto il cielo
- parla, io non ti ascolto -
veleggiano come perdute stelle
- parla, io non ti ascolto -
nelle tenebre di vento
- parla, io non ti ascolto -
fra le torri corrose dal destino
- parla, io non ti ascolto -
tra speranze che non saranno mai ricompensate
- parla, io non ti ascolto -
fra pensieri attorcigliati in spirali di paure e sogni
- parla, io non ti ascolto:
sentinella di conoscenze remote quanto il tempo
che nulla comprendesti.
Permetti a questo fiume di cercare la sua libertà
fino a quando i firmamenti di memorie si saranno fuse,
e perdonati ti saranno rimpianti e vanità.
Ora piangi e disseta la tua arsura alla fonte delle albe e
dei tramonti.
- Parla, io non ti ascolto. -

Oltre l'amore cosa c'è?

Oltre l'amore cosa c'è?
Mi domando,
dove sei e a cosa pensi.
Se c'è tempo per pensare
c'è ancora modo per amare.
Oltre l'amore cosa c'è?
Anni che devono venire,
giorni da passare senza sprecare un minuto solo:
ma nel tuo cuore posto per me non ce n'è più.
Le parole incerte che mi hai detto
come scordate melodie sono giunte alle mie orecchie:
come grandine mi sferzano.
Anzi mi gridano: "Il tuo tempo è ormai passato!"
Raccolti in un fascio tutti i giorni andati,
resta una pallida speranza che non sia davvero troppo tardi,
che forse un giorno ti potrò incontrare nuovamente
per poterti dire:
resta qui con me e regalami tanto quanto in cambio posso ancora
darti,
per un tuo sorriso,
per il gentile tocco di una tua carezza.

Mestre, 12 luglio 2016

Per sempre

Ho molte rughe,
molte più di quelle che affiorano sul viso.
Sono quelle che non vedi,
quelle che torturano sul serio,
quelle cui non v'è rimedio,
quelle nascoste dentro l'anima.
Se spiegarti io potessi ciò che dimora nel mio cuore,
il sole impallidirebbe
e la luna donerebbe la sua cinerea luce.
È così grande questo amore
che si stende oltre me
e ti ravvolge tutta
come il cielo sulla terra.
E non c'è niente che mi farà cambiare idea:
fino a quando non esalerò il mio ultimo respiro,
io t'amerò: per sempre.

Mestre, 16 luglio 2016

Senza te

Davanti a me
verde è il prato che si stende;
il cielo è un giardino per le nubi,
che bisbigliano con voci di persone nel nulla ormai perdute,
che si muovono al respiro di un vento solitario.
I monti sono immobili vedette sulla valle della vita,
ed è un giorno immaginario
quello che oggi vivo insieme a te.
Tanto amore come un fiore colorato io ti dono,
seppur mai lo avrai.
Sotto questo sole,
rovente come il vuoto,
mi sciolgo nei ricordi
mentre riaffiora la voglia di abbracciarti ancora.

La tua algida carezza

Sono come una lucertola nel sole:
caldo è il corpo ma gelido è il mio cuore
che di giorno batte,
ma di notte muore.
Silfide di bellezza altera,
io cerco di afferrarti ma
la tua algida carezza
si disperde nella sera.
Silvana creatura,
che spiralando nell'oblio svanisci
e ricompari tra i perigliosi flutti dei ricordi,
sei come un impetuoso vento che precipita da vertiginose
altezze;
tu assomigli a un veleno dolce che,
mescolato a tenebre di nerezza sconfinata,
viene e va senza fermarsi mai.
Fra i miei giorni,
ripiegati come pagine di un libro letto e dimenticato,
ti voglio conservare come un fiore che lentamente secca e
muore.
Ti terrò nella mia tasca,
illuso di averti ancora un po' per me.

Mestre, 17 luglio 2016

Da così lontano

I giorni sono lunghi
mentre dalla riva osservo
il torrente della vita.
Guardo in alto,
verso la sorgente,
per il tuo ritorno;
ma sei così lontana
che non riesco mai a vederti.
E' un viaggio troppo lungo
quello che non vuoi più fare.
Sui bastioni del tempo ho costruito una granitica speranza;
come una vedetta io ti aspetto
ma l'aria che respiro
ha il sapore di un sogno che mi opprime.
Il cielo dell'estate è una lastra di cemento che mi schiaccia
mentre la notte ghigna digrignando i denti,
pronta a ghermirmi.

Mestre, 17 luglio 2016

Sortilegio

Voglio un filtro magico
per liberarmi da questo sortilegio
che mi opprime,
che mi uccide.
Ma è un veleno troppo dolce quello che mi hai dato
al quale non riesco a rinunciare.
Abbi pietà di me:
anche ora che non sei più,
ancora soffia il vento del tuo amore,
col profumo delle tue carezze.
Voglio che tu vada dove io non possa più seguirti,
voglio che la notte mi ricopra
e che non mi lasci più.
Le nostre strade si disperdono nel buio dei destini,
all'ombra di giorni rinsecchiti:
come l'erba di un prato ormai falciato,
vita spazzata,
io avverto che dentro me adesso abita un torpore
che sempre più dilaga.
Grazie a questo incanto
morirò e forse lì,
in quell'arcano luogo,
ti incontrerò di nuovo.

Mestre, 17 luglio 2016

Come un'invisibile barriera

Hai il viso glabro come una promessa,
spalle curve come la falce della luna:
sorriso falso come il sole a mezzanotte.
Dietro l'apparenza del destino,
c'è una precisa volontà.
Non così è andata,
ma così tu volesti che fosse!
Lontano da te,
gli anni ci separano come un'invisibile barriera
che non è dato scavalcare
e niente ci potrà riunire.
Inumata in una bara è la mia gioventù,
sepolta da troppi ieri.
Domani è in dubbio
e non hai voglia di scommetter su di me!
Troppo amore,
poco tempo,
tanto dolore.
Se potessi
di dosso mi toglierei anche la pelle,
ma non servirebbe a niente.
Il tuo viso è un monolite di granito
e niente ti farà cambiare idea.

Mestre, 17 luglio 2016

Il tempo non perdona

Se la pietà albergasse nel tuo cuore,
forse, dico forse,
mi potresti amare.
Se non altro
mi ripagheresti la metà di quello che ti ho dato.
Troppo amore non si può dimenticare.
Quante volte te l'ho detto,
forse troppe,
ma io temevo che non capissi bene.
Per toglierti ogni dubbio,
di me ti ho ricoperta:
senza pudore,
senza timore,
te l'ho detto fino ad oscurare il sole
perché l'amore che ho per te è così grande,
e il tempo non perdona.

Mestre, 24 agosto 2016

Una pallida bandiera

L'acqua nel mio cuore è così torbida:
mulinando sull'increspata superficie,
osservo disperati liquidi pensieri
che chiedono il mio aiuto.
Su una zattera galleggiano
mentre il vento gonfia una pallida bandiera
che li porterà lontano.
Ecco,
ora posso intravedere il loro approdo,
le rive di un mondo solitario,
dove l'oblio regna silenzioso
e ogni sogno poi divora.
Osservo tutto,
ma non posso fare niente:
solo pregare che la notte cali
e ottunda tutto.
Me,
la volontà
e il destino.

Nei miei sogni

Le tue carezze sono come brezza,
il tuo abbraccio come l'onda sulla spiaggia,
i tuoi sorrisi come il sole che risplende.
Ora tu non ci sei più vicino a me,
ma io ti penso sempre;
la sola differenza è che prima,
quando aprivo gli occhi, ti vedevo:
ora posso solo immaginarti.
E ti ricordo,
sempre,
e non ti lascio andare perché ogni notte,
nei miei sogni,
tu,
risorgi ancora.

Mestre, 30 agosto 2016

Il tuo respiro

Ora sei lontana
tanto che non so nemmeno dove.
Celata nel fondo del mio cuore,
scorgo solo un'ombra:
è la mia vanità d'amarti,
che cerca di gettare luce
quando niente può più rischiarare
ciò che è inerte e muore.
Nemmeno questo amore
anche se non si rassegna e spera.
Ora sei lontana e per te prego;
che voli questa mia preghiera
perché con ali grandi come il cielo ti ritrovi.
Ti ammanti e ti protegga
ovunque il tuo respiro inceda,
ti accompagni in ogni dove da mattino a sera.

Mestre, 30 agosto 2016

Un bel rifugio

Sogno di poter tornare in quelle terre
dove i ricordi attendono
per avere un po' di compagnia.
Una via traccio,
su questo immaginario foglio,
che mi riporta nel passato ove tu,
amore mio,
mi aspetti.
Lo faccio per provare,
una volta ancora,
le emozioni che ho vissuto insieme a te
e che mai più io rivivrò.
Nel tumulto della vita,
nel vuoto che mi opprime,
mi conforta solo il tuo ricordo;
nel profondo del mio cuore,
per te ho scavato un bel rifugio dove conservo,
come una reliquia,
il tuo sorriso e il tuo profumo.
Io, per te, ci sarò sempre.

Mestre, 30 agosto 2016

Le lune

Mille lune in cielo
impallidirebbero davanti alla tua bellezza.
Con vergogna il cielo abbandonerebbero
inchinandosi soltanto all'avanzare del tuo passo.
E vedendoti,
tramonterebbero per lasciarti splendere,
Venere stupenda,
fra gli astri che non muoiono.

Nella gioia

Quando tu mi sorridevi,
il mio cuore danzava nella gioia.
La mia anima nuotava nei tuoi occhi,
s'immergeva nella tua gaiezza.
Se solo io potessi udire la tua voce,
una volta ancora,
forse troverei un po' di pace:
sapere che stai bene,
che la tua vita scorre placida e serena,
come un lucente rivo fra le bianche vette,
altere e irraggiungibili.
Sii felice,
sempre.

Mestre, 31 agosto 2016

Fino al cielo

Per te ho cambiato il colore della pelle,
il colore dei capelli:
perfino la mia anima è mutata
ma non è servito a niente.
Non ho scalfito nemmeno un angolino del tuo cuore,
duro come pietra,
più del marmo.
Io giro intorno a te come un pianeta stanco
che ogni mattina si affaccia all'orizzonte,
e subito tramonta dietro l'invalicabile barriera,
che non si può più superare,
che non si può più scavalcare.
Gli anni ci dividono e il tempo
seppellisce ogni velleità.
Ogni giorno io per te risorgo,
sperando che tu spicchi un balzo,
in alto,
fino al cielo,
fino a me.

Mestre, 31 agosto 2016

Il mio destino

A volte penso, anzi, mi sforzo,
con un inane gesto della mente,
di cancellare ogni tuo ricordo.
E non riesco!
È tentar come di nascondere il sole con la mano,
pensando che la luce s'inabissi,
o schermar l'amore che traspira da ogni poro della pelle,
credendo di trattener per sempre il fiato.
Se un antidoto esistesse,
non funzionerebbe.
Dopo il tramonto,
guardando il cielo,
ho scagliato tutto ciò che mi ricorda te oltre la notte,
per dimenticare.
Ma non c'è stato verso di riuscirvi:
ogni tua memoria adesso brilla come la più luminosa delle stelle,
che mi indica un destino cui non posso più sottrarmi.

Accanto a te

L'acqua discende sempre verso il basso,
la luce illumina
mentre a volte l'amore uccide.
Ci divide la distanza
e non sarebbe un gran problema
se io fossi nel suo cuore.
Ma non lo è mai stato:
nemmeno per un solo istante mi ha dato un po' di affetto
anche se non è sua la colpa.
Ora chiedo al cielo,
a chi sta al di là del buio della notte:
è lei la stella vera
o è un abbaglio della mente?
Giovinezza ormai passata,
bellezza e gioia fuse insieme,
miraggio della vita rinnovata sempre
ogni volta che l'ho vista.
Come sorge il sole ogni mattina,
so per certo questo:
quando accanto a lei mi trovo, io sono.

Mestre, 31 agosto 2016

Sommessa felicità

Quanto all'albore dei sensi
e all'anelito d'amare,
la cupidigia di te
contro mi si è ritorta;
nel vagabondare su spoglie e paludose terre,
mi sono infine trovato d'avello a puzzar.
Malinconico,
come un sole pallido al crepuscolo,
dall'indifferenza tua son raggelato,
mentre mi tortura il tuo abbandono.
Nell'ombra fredda della solitudine,
agogno a lidi di speranza:
a una felicità sommessa.

Mestre, 01 settembre 2016

Tu credi

D'aver capito credi,
convinta sei d'aver ogni cosa chiara,
ma ciò che ho dentro il cuore mio,
tu,
non lo conosci.
Pensi che io mi sia perduto
per il tuo corpo o la giovinezza tua:
no, io ho veduto dentro la tua l'anima,
dell'essenza dello spirito tuo ho gioito.
Modellata sul mistero del perfetto amore,
ti ho bramata e perdonata,
perché non comprendevi,
perché no, non potevi.
Leggero adesso è il passo mio
tanto che nulla si sente
mentre avanzo sull'orlo dell'abisso
dove la speranza muore e impera la disperazione.
Se gli anni più non contano,
prova a ripensarci:
amar forse potresti chi per te si è consumato,
chi per te ora giace nella solitudine,
nel fremito del desiderio e col timore di aver perduto tutto.

Mestre, 01 settembre 2016

Io udir potrei

È meraviglioso,
e triste,
odorar nell'aria
lontane note d'un profumo
che fra mille riconosco.
L'echeggiare tremulo delle sue risa,
ormai distanti,
giungono al mio orecchio,
stanco nell'attesa di quel sì che forse un dì
udir potrei a significar: ti voglio.
Ma questo è un sogno,
di quelli che mai s'avverano.
Mi perdo allora fra i pensieri che,
perseguitandomi,
affondano la lama acuminata
e oggi non sarà meglio di ieri:
no, più non sarà.

Mestre, 02 settembre 2016

Come la notte

Se tu riuscissi soltanto a sbirciare
dentro il mio cuore,
potresti capire quanto è forte l'amore
che nutro per te.
Adesso che sei lontana
è come se in pieno giorno non ci fosse luce:
da morire mi manchi
e solo il sangue che scorre dentro il mio corpo
restare in vita mi fa.
Come la notte porta con sé i raggi di sole,
con te c'è tutta la gioia
che non riavrò più.

Mestre, 03 settembre 2016

Nell'algida ombra

Con te ho sempre avuto timore,
non sono mai stato me stesso
per paura di perderti.
Per questo non mi conosci,
per questo mi hai giudicato nel modo sbagliato.
Se solo tu avessi fiducia,
potrei mostrarmi davvero
e dirti ti amo in maniera diversa.
Sia lode al tempo al quale,
potendo implorare,
chiederei perfino inverni più lunghi e più tristi
pur di rivederti.
Ma tu sei molto lontana
e per quanto oltre io spinga il mio sguardo,
non riesco più a scrutare il tuo cuore:
ora si avverte,
nell'algida ombra,
un ignoto pulsare,
il fremere stanco di chi ancora ti brama,
senza speranza,
senza pudore.

Sono come una stella

Io sono come una stella
nascosta da pavide nubi,
negletta agli occhi del mondo
diletta nel cuore di pochi.
Per te ora brillo
con slancio infantile,
con l'illusa certezza
della tua attenzione.
Ogni sera m'attardo a pensarti,
da lassù io ti guardo
mentre si stende
la gelida ombra della separazione.
Meteore di giorni
che si susseguono stanchi,
archi di tempo disegnati dal vento.
Il mio destino è segnato:
per sempre diviso da te.

Mestre, 08 settembre 2016

La cinciallegra

Stamattina,
appena sveglio,
in casa ho sentito un cinguettare allegro;
dalla cucina proveniva
insieme a un gentil fremito di ali.
Quatto quatto mi sono avvicinato,
per curiosità,
perché un richiamo pareva che fosse.
Ed ecco
che sul davanzale
ho visto
una paffuta cinciallegra:
muoveva, a scatti,
il suo capino
per osservar quel mondo alieno,
fatto di pentole e tegami,
piatti, posate
e cose buone da mangiare.
Guardando le sue ali,
le sue piume nere e giallicce,
morbide e aggraziate,
ebbi come l'impressione di veder nella sua forma,
nei movimenti suoi,
la libertà,
la gioia
d'essere viva.
E la invidiai,
d'un livore acceso,
come di un fuoco che divampa
e che spegner non si può.

Afferrata la ciabatta che portavo al piede,
con un fulmineo gesto
la colpii con bestial violenza,
con una forza che solo l'ira
in un amante per la gelosia
verso un rivale può scatenar.
L'uccellino,
con un sommesso tonfo,
schiantò sul pavimento
e la sua codina tremolò un istante ancora
prima di fermarsi.
Tremando mi chinai,
con delicatezza lo raccolsi appoggiandolo sul tavolo
e lo osservai.
Il corpicino era schiacciato,
quasi fosse una frittella:
il becco era appiattito sul musetto.
E subito notai che il piumaggio suo
visibilmente s'ingrigiva
perdendo colore e brillantezza.
In un batter d'occhio era mutato,
come una foto dagli anni scolorita,
dal tempo che rosicchia e poi uccide.
Me ne scostai inorridito
e triste
per ciò che avevo fatto,
a causa del delitto ormai compiuto
da cui non v'è ritorno,
per cui non c'è perdono.
All'improvviso intorno a me si fece buio
e non udii più nulla:
soltanto un sordo rantolo
che usciva dal mio petto.

Mulinando, caddi
e chiusi gli occhi.
Era la vita che insieme a me,
in pace,
lasciava questo mondo,
per un cielo azzurro e puro
nel quale,
a fianco a me,
volava la colorata cinciallegra:
gaia e felice.

Mestre, 9 gennaio 2017

Io, terra, e l'orgoglio

Nel silenzio notturno,
nell'oblio delle tenebre,
la neve,
col suo candido manto,
ogni cosa ricopre.
Dalla terra imbiancata,
sale stanco il respiro;
infreddolita anela a un timido raggio di sole
perché sciolga questo drappo mortale.
Ma sotto questa sfinge algida e piatta,
perfino l'orgoglio,
arroccato sul colle delle inani vittorie,
adesso resta sepolto.
Ottenebrata la mente,
ha bruciato anche l'anima
rendendo arido il cuore.
Rassegnata a un solitario destino,
io, terra,
riposo
aspettando che torni quel raggio di sole
che a lungo mi ha recato conforto,
donato la gioia di vivere.

Nel mio cuore

Batte sempre,
nel mio cuore,
il ticchettio di un orologio.
Solenne,
fa passar le ore,
i giorni
e il tempo vola:
sicuro,
indifferente.
Ma non è questo
che mi rende triste.
È l'infelicità,
che mi ghermisce sempre.
Con la sua tetra ombra
il sangue nelle vene mi raggela
e non v'è astro in cielo,
adesso,
che mi può scaldare,
che può lenire tanta pena.
Fa tanto freddo.
E così,
per aver conforto,
penso ai raggi di quel sole che,
se pur con verecondo sguardo,
un dì lontano,
tanto amore
diede.

A sgabello dei suoi piedi

Ieri,
insieme alle meste ore del passato,
ci insegue,
ci attraversa e passa.
Rimane, a volte,
la melanconica memoria di qualcuno
che arrestar poteva il proprio passo,
ma infin restar non volle.
Per lo spettro suo,
a sgabello dei suoi piedi,
porrò le oscure nubi del tramonto
e gli opachi raggi di un'adombrata stella.
Il tempo che rosicchia
va per la sua strada,
non curva
né devia dal suo corso.
E i momenti della vita
mia, vostra, tua,
non sono che un sussurro in un sospiro,
consegnati a un vento freddo:
nella notte volano lontano per non poggiare il capo.
Mai.

Casale sul Sile, 06 marzo 2017

Ti amo

Le lacrime dello spirito
non rigano il viso:
graffiano l'anima.
I ricordi
sono lame di coltello:
trafiggono il cuore
e avvelenano il sangue.
Io so come guarire si fa:
chiudere gli occhi,
viaggiare nel tempo,
dimenticare che esisti.
Vagare per altri lidi,
approdare su spiagge oscurate da ombre lunari.
Se fosse possibile
sarei già partito,
ma non esiste alcun mezzo
per un simile viaggio.
E nel sogno ti abbraccio,
ti guardo negli occhi
e mi dici:
ti amo.

Venezia, 29 gennaio 2018

Vicino

Ti ho tenuta vicino,
talmente vicino,
che quasi scoppiava il mio cuore,
infiammato d'amore,
di passione per te.
Col sangue dell'anima mia
ora ti scrivo queste parole
che hanno il colore del cielo,
dell'aria che tu e io respiriamo:
ti amo.

Davvero ti amo

Davvero ti amo.
Come la terra vuole la pioggia per dare la vita,
così io ho bisogno di te.
Ti ho trovata e poi persa,
ritrovata e perduta di nuovo
e non c'è pace dentro il mio cuore
se tu sei lontana da me.
E non v'è cielo che contenga il mio amore,
né l'oceano il mio pianto.

Le tue ali

Forse non ho mai compreso
che davvero ad amarmi hai provato.
Scusa se non ho mai veramente capito.
Davvero sei come l'aria.
Forse la tua anima troppo in alto volava,
troppo grandi per me le tue ali.
Per stare al tuo fianco,
avrei dovuto prima imparare a volare.

α - Ω, ∞

Quando

Quando sarai vecchia,
quando molte esta*ti* avranno arso la tua pelle
e le *r*ughe abi*t*eranno sul tuo viso,
solo allora *c*apirai ciò che un temp*o*, io,
p*r*ovai per te.
I ricordi *de*ll'amore,
degli abbracci e dei baci che ti diedi,
seppur sbiaditi,
ti parle*r*anno un p*o′* di me.
E *se*,
restando sola,
la *m*alinconia sferzerà il tuo cuore,
se una lacrima soltanto solcherà il tuo viso,
non temere:
dal *pr*ofondo oceano dei miei giorni
io riemergerò per amarti
e restare ancora insieme a t*e*.

Indice